CUENTOS TRADICIONALES

Los tres cerditos

edebé

ES PROPIEDAD DE EDEBÉ
© Edición cast.: edebé, 2003
Paseo de San Juan Bosco, 62
08017 Barcelona
www.edebe.com

© Texto: Josep Francesc Delgado, 2003
© Ilustraciones: Francesc Rovira, 2003

Dirección editorial: Reina Duarte
Diseño: Luis Vilardell

ISBN 84-236-6629-8
Depósito Legal: B. 37371-2003
Impreso en España
Printed in Spain
Talleres Gráficos Soler, S.A.

Los tres cerditos

Cuento recreado por Josep-Francesc Delgado
a partir de la versión popular inglesa

Ilustraciones de Francesc Rovira

edebé

*H*abía una vez tres cerditos.

Vivían en un valle amplio y bonito. Era verde incluso en verano.

Los tres cerditos tenían caracteres muy diferentes.

El hermano mayor era el más serio, responsable y trabajador.

En cambio, el hermano pequeño se pasaba el día tocando la guitarra. Era el más espabilado.

Y el hermano mediano tocaba el violín. Era el más romántico.

Un día, el hermano mayor les dijo a los otros
dos:

—Estoy muy preocupado. Sólo pensáis en
soñar, en jugar y en cantar. ¿Qué haremos cuando
llegue el invierno y esté nevando? Os tenéis que
construir una casa para vivir. Si no, os moriréis
de frío.

Los hermanos agradecieron el consejo del
hermano mayor. No querían morirse de frío en
invierno. Así que cada uno empezó a hacer obras.

El más pequeño de todos, que también era el más juguetón, no quería perder mucho tiempo. Se hizo la casa con paja.

El hermano mediano trabajó un poco más: la hizo con cañas.

El hermano mayor fue quien dedicó más tiempo y trabajó más. Construyó una casa con ladrillos y cemento. No le quedó tiempo para cantar ni bailar.

Los tres estaban muy satisfechos de las casas que se habían preparado para el invierno.

Entonces el lobo pasó por el valle.

—Mis intestinos se quejan. Tengo hambre, muchísima hambre.

Y le gustaban mucho los cerditos...

Primero vio al cerdito más pequeño:

—Hummmmm, mira qué cerdito más pequeño. ¡Este cerdito sí que me apetece! ¡Ñam, ñam! Ya me lo imagino a la plancha.

Y comenzó a correr para atrapar al cerdito.

El cerdito pequeño se escapó, pero por poco.
El lobo le dio un buen arañazo en el muslo.

Tuvo suerte de que el lobo resbalara y se cayera justo cuando abría su gran bocaza para comérselo de un mordisco.

El cerdito pequeño buscó refugio en la casa que se había construido, que era de paja.

Se escondió bien escondido en ella.

Tenía mucho miedo, y hasta le temblaba la cola.

El lobo llegó en seguida a la casa. Dio una vuelta a su alrededor y la miró con mucho detenimiento.

—¡Pero si es una casa de paja! ¡Ja, ja, ja! ¡Vas a ver lo que es bueno, cerdito pequeño! —exclamó el lobo lamiéndose el hocico y frotándose las patas—. ¡Ja, ja, ja, una casa de paja! Cerdito, cerdito, déjame entrar.

—No, que me das miedo.

—Pues entonces soplaré, entraré y te comeré, cerdito pequeño.

Y el lobo llenó el pecho de aire, muy, muy lleno. Y sopló:

—¡Ffffffffffffffffff!

El soplido fue tan grande y con tanta fuerza que toda la paja salió volando. De la casita del cerdito, ¡sólo quedó la cama!

El cerdito se había escondido debajo de la cama. Pero se le veían la cola y las patitas rosadas, porque incluso el colchón había salido volando.

El cerdito vio que el lobo se le acercaba y se quedó blanco. Así que echó correr con la guitarra bajo el brazo.

Corrió tanto, que en un dos por tres se presentó en casa del hermano mediano. El hermano ya había preparado el violín por si acaso. Le hizo pasar y cerró la puerta bien cerrada:

—Tranquilízate, cerdito pequeño. Esta casa es de cañas y el lobo lo tiene difícil para derribarla.

El lobo llegó y gritó:

—Cerdito, cerdito mediano, déjame pasar, que no os haré daño.

—¡Ni hablar! —afirmó con decisión el cerdito mediano.

—Pues soplaré, entraré y os comeré.

Y llenó el pecho de aire. El pecho del lobo se iba hinchando, hinchando, hinchando...

Sopló una vez, y dos, y tres...

—¡¡Fffffffffffffffffffffffffffffff!!

Y al tercer soplido las cañas se levantaron y voló toda la casa.

¡Pies para qué os quiero! Los cerditos corrieron hacia la única casa que quedaba: la de ladrillos.

El hermano mayor recibió a los dos cerditos, la guitarra y el violín.

—¡Pasad!

Cerró la puerta y les dijo que se sentaran a la mesa para comer.

El hermano pequeño, muy extrañado, le preguntó:

—Pero, hermano mayor, ¿no ves que el lobo se nos comerá?

—Esta casa es de ladrillos, hermano pequeño —respondió el hermano mayor.

Entonces el hermano mayor se sentó a la mesa y se zampó su sopa tranquilamente.

El lobo llegó y gritó:

—Cerdito, cerdito mayor, déjame pasar, que no os haré daño.

—Tengo trabajo —afirmó serenamente el cerdito mayor.

—Pues soplaré, entraré y os comeré.

Y llenó el pecho de aire. El pecho del lobo se iba hinchando, hinchando, hinchando... Un, dos, tres, cuatro..., quince..., veinte soplidos.

El lobo estaba ahogándose. Y al final se fue tosiendo y soplando:

—¡Ejem, ujum, ejem, ujum!

El hermano mediano y el hermano pequeño saltaban y bailaban. El hermano pequeño cogió la guitarra para cantar. Pero... el hermano mayor cortó la fiesta:

—Todavía no ha llegado el momento de cantar y bailar, hermanos. El lobo es un animal muy listo y volverá —afirmó con actitud seria.

—¿Qué haremos? —preguntó el mediano.

—No quiero que la olla deje de hervir, ni de día ni de noche.

Ni el hermano pequeño ni el mediano entendieron la razón de aquella petición. Era muy extraña. Pero obedecieron a su hermano mayor.

Al día siguiente, tal y como había previsto el hermano mayor, el lobo regresó.

—Cerdito mayor, cerdito mayor, he encontrado un campo de rábanos. Si quieres, quedamos a las cinco y te llevaré para que cojas los que quieras.

—¿Y dónde está? —preguntó el hermano mayor.

—Cerca de la casa de la colina.

—Muy bien, gracias, lobo. A las cinco estaré allí.

Los hermanos cerditos le avisaron:

—¡Te comerá, hermano mayor!

—Vosotros cerrad bien la puerta y no abráis a nadie —respondió él.

El lobo salió de su madriguera. Tenía tiempo, así que fue paseando poco a poco e, incluso así, llegó temprano.

Pero el cerdito mayor ya había pasado antes y ya volvía a estar en su casa. No quedaba ni un rábano. Los había arrancado todos.

El lobo, enfadado, se fue hacia la casa de ladrillos.

—Cerdito mayor, cerdito mayor, ¿por qué no me has esperado?

—Ya he ido y vuelto, amable lobo, mi querido lobo. Es que tenía mucha hambre. ¿Me perdonas?

—¡Oh, claro que sí, cerdito! Si quieres, quedamos a las ocho de la mañana. He visto un manzano con grandes manzanas en la otra parte del río. Te dejaré coger las que quieras.

—Gracias, lobo. Mañana, a las ocho.

Y el lobo pensó: «No te volverás a burlar de mí, cerdito mayor. Iré una hora antes.»

Cuando llegó, el cerdito mayor ya tenía el saco lleno. Había subido a lo alto del árbol y estaba cogiendo la última manzana.

El cerdito lo saludó:

—¿Quieres una manzana?

El lobo no había desayunado, así que le respondió:

—Sí.

El cerdito se la tiró muy lejos y, cuando el lobo salió corriendo a buscarla, él cruzó el río y llegó a su casa.

—Cerdito, cerdito bueno, ¿por qué te has ido tan deprisa?

—Es que mis hermanos ayer no tomaron postre y tenían hambre, lobo.

—¿Y por qué cierras la puerta, cerdito?

—Es que te tenemos miedo —respondió el cerdito pequeño, que llevaba muchas tiritas en el muslo por el zarpazo del lobo.

—Cerdito, cerdito mayor, ¿no sabes que esta tarde hay mercado en el pueblo? ¿Quieres que vayamos juntos?

—¡Claro que sí! ¡Me haría mucha ilusión!

Y quedaron a las tres.

El hermano mayor volvió a salir. Los hermanos pequeños le suplicaban que no fuese, pero él insistió otra vez:

—¡Vosotros cuidad de que la sopa no deje de hervir!

El cerdito mayor fue mucho antes de lo que suponía el lobo. A la una ya había comprado un tonel de madera.

El lobo llegó a la una y media. Y pensó: «Ahora sí que tendré al cerdito mayor a tiro de piedra y lo podré atrapar. Engañar a los otros dos será fácil.» Y echó a correr hacia la colina donde estaba el mercado.

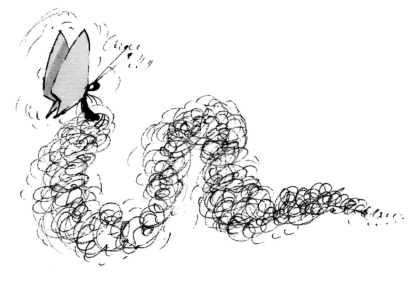

Entonces el cerdito mayor abrió el tonel. Lo tumbó en el suelo y se metió dentro.

El tonel empezó a rodar y rodar... En seguida cogió velocidad y, cuando chocó con el lobo, lo dejó muy aplastado.

El tonel continuó colina abajo y se paró cerca de la casa de ladrillos.

El lobo aullaba de tanto dolor. Y el cerdito ya corría hacia su casa.

Los tres cerditos, que habían mantenido vivo el fuego, saltaron y bailaron. El cerdito pequeño cogió la guitarra para cantar. Pero el hermano mayor le paró:

—Todavía no, hermanos. El lobo es un animal muy tozudo y regresará.

El cerdito pequeño estaba desesperado. Aquel lobo nunca se cansaba.

—Poned más leña al fuego —ordenó el hermano mayor.

Y los dos hermanos pequeños así lo hicieron.

El lobo estaba muy enfadado.

—¡Cerdito mayor, ya no volverás a engañarme! Ahora mismo voy a entrar en tu casa y os voy a comer a los tres.

El cerdito mayor no respondió.

El lobo había enrojecido de tanto enfado.

El lobo trepó por la pared.

El cerdito mediano y el cerdito pequeño se abrazaron. Temblaban de miedo cuando oyeron las garras del lobo que arañaban los ladrillos. Estaba subiendo por la fachada.

El cerdito mayor dijo a sus hermanos:

—No temáis. Retirad la olla del fuego un momento y, cuando yo os diga, la volvéis a poner.

Cuando llegó a la boca de la chimenea, el lobo exclamó:

—¡Ahora ya sois cerditos muertos!

Miró hacia abajo y sólo vio un pequeño fuego. Entonces se tiró chimenea abajo.

El cerdito mayor dijo a sus hermanos:

—¡Ahora, volved a poner la olla!

¡¡¡Pataploooff!!!

El lobo cayó dentro y huyó aullando de dolor.

Los tres cerditos saltaron de alegría. ¡Habían salvado su vida! Entonces el hermano mayor sentenció:

—Esta noche cantaremos y bailaremos. Pero, ¿mañana qué haremos?

Y los otros dos cerditos se miraron y respondieron:

—Construiremos dos casas más de ladrillos y así ni lobos ni lobitos se comerán a los hermanos cerditos.

Y aquella noche los tres cerditos dieron una gran fiesta y se lo pasaron en grande.